Impressum:

Bild + Buchgestaltung:
Nicole Hendel
Die Werbewerkstatt
nicolehendel@online.de

Entwurf Titelbild:
Christian Peterhänsel

Lektorat:
Melanie Schulz
Sassica Hendel

Cartoons:
Regina Trabold-Häfner

Herstellung und Verlag:
Books on Demand
ISBN 3-8334-1827-3

Widmung

Zuerst widme ich dieses Buch meinen Kindern, meinem Hund und meinen Katzen. Ich widme es auch meinen Freunden und meinen Nachbarn, bei denen ich mich gut aufgehoben fühle.

Nicht zuletzt will ich dieses Buch aber auch allen Menschen widmen, die trotz leidvoller Erfahrungen lächeln und freundlich sind. Vor ihnen ziehe ich ehrerbietig meinen Hut.

Ich widme es auch allen Tieren dieser Welt und verneige mich vor ihrer Liebe, die einzige Liebe, die nicht an Bedingungen geknüpft ist.

Es handelt sich hierbei um das Nachempfinden der Verfasserin und nicht um medizinisch belegbare Befunde.

Die Schulmedizin und die Psychotherapie waren mir stets wertvolle Begleiter auf meinem Weg und sie sind es auch jetzt.

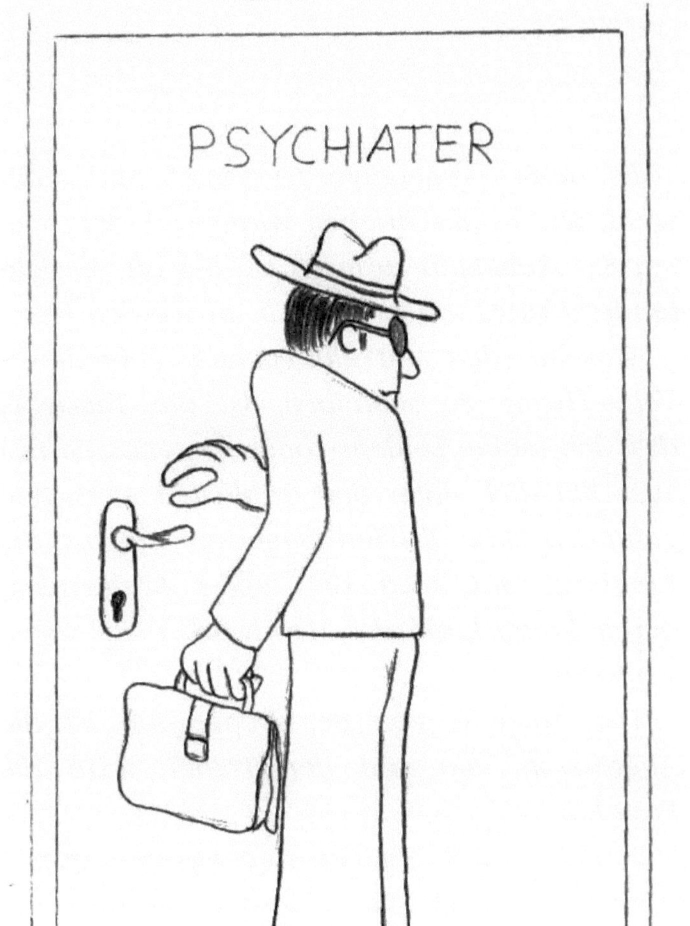
PSYCHIATER

Es heißt "Vegetative Dystonie" und jeder weiß, wie es geschrieben wird, weil es in vielen Krankenakten zu lesen ist. Ein oft vernichtendes Urteil, was uns beschämt werden lässt.

Was mir den Mut gibt, gerade über dieses Tabu-Thema zu schreiben, ist die Tatsache, dass ich meine Leidens- oder Artgenossen fast ausschließlich unter den fröhlichen Menschen gefunden habe. Es sind immer die Clowns, die Komiker und auch die tapfer Lächelnden, deren Pfundskerle das Handwerk niederlegen wollen.

Die Polarität von der Depression ist die Aggression, die von der Trauer wäre die Freude.

Häufig klappt es nicht, so etwas zu transformieren. Das Ergebnis ist deshalb meistens der Humor mit einer leichten Würze von beiden.

Achtung Vampire
Bringen Sie Ihren Pfundskerl
in Sicherheit!!

Haben Sie in Ihrer Verwandtschaft oder im Freundeskreis einen erwachsenen Trotzkopf, der dauerbeleidigt ist, dann suchen Sie sich schnell einen belastbaren Psychiater. Das hält nämlich Ihr Pfundskerl auf die Dauer nicht aus.

Erwachsene oder alte Leute, die bewusst im Trotzalter hängen geblieben sind, ähneln einem Fass ohne Boden. Glückwunsch, wenn Sie sich rechtzeitig aus dem Staub machen können.

Warum ein Pfundskerl?

Jede Frau kennt dieses Schlüsselerlebnis. Man hat gerade eine spektakuläre erotische Bekanntschaft gemacht und bereitet sich fiebernd auf das erste Rendezvous vor.

Gesichtsmasken, Hautstraffungscremes und Schlankheitstips werden erfolgreich angewandt. Und an dem endlich herbeigesehnten Tag passt man sogar ins neu gekaufte Kleid.

Was aber macht der Körper?

Er produziert blitzschnell einen riesigen Pickel ins Gesicht, und das auch noch an einer nicht zu übersehenden Stelle.

Alle Frauen kennen dieses Rendezvous-Pickelproblem, und je heftiger der Hormontaumel, umso gewaltiger der Pickel. Vielleicht weiß man Jahre später, warum der Körper gerade jene Begegnung in Frage stellen wollte. Diesbezügliche Erfahrungswerte können durchaus variieren.

Darum ist der Körper ein Pfundskerl.

Mein Pfundskerl

Besonders einträglich war er nie gewesen. Stur wie ein Esel verweigerte er sämtliche Aktivitäten meinerseits, und er hatte für jedes meiner Vorhaben seine Bereitschaftsparasiten, die eine längerfristige Planung fast unmöglich machten.

Damit meine ich einen Partner der ganz besonderen Art, nämlich meinen gefräßigen und eigenwilligen Körper. Im Minutentakt änderte er seine Meinung zu meinen Vorhaben.

Seine Launenhaftigkeit machte mich zum Spielball jedes einzelnen Tages, und so manch eine Vorfreude endete mit einer Migräne im Bett, oder, noch schlimmer, zur völligen Magenentleerung auf dem Klo.

Jegliche Berechenbarkeit hatte sich von mir zurückgezogen. Mit einer Handtasche voller Medikamente gegen jedes mögliche Missempfinden und etwas Rouge gegen die Blässe, bewegte ich mich schwerfällig durch mein Leben. Immer gefasst und gerüstet gegen jedwede Eventualitäten.

Welch eine verrückte Beziehung.

Dabei war ich eigentlich gut zu ihm. Er wurde regelmäßig gewartet und zu allen möglichen Inspektionen gebracht. Ich pflegte ihn und gönnte ihm auch seine nicht immer verdiente Ruhe.

Wenn er mich mit einem unkontrollierten Hormontaumel anfiel, ließ ich ihm meistens den Vortritt vor meinem Verstand, was mich in meiner Entwicklung manchmal um Jahre zurückwarf. Was um Himmels Willen hatte mein Körper nur gegen mich?

Während meine Gedanken und meine Gefühle leidenschaftlich durch mein Leben flogen, saß er mit angezogener Handbremse auf der Bettkante und glotzte vor sich hin. Manchmal stundenlang. So dass ich am Ende nicht einmal meine Schuhe zugebunden hatte, geschweige denn meinen Unternehmungen folgen konnte.

Ich schleppte ihn von Wartezimmer zu Wartezimmer. Mal mit Kopfschmerzen, mal mit Magenproblemen oder mit Herzstichen die, dort endlich angekommen, meistens verschwunden waren, oder sich bei einem ste-

chenden Schmerz ins Knie verflüchtigt hatten. Langsam waren alle meine Eingeweide durchforstet und scheinbar erfreute ich mich allerbester Gesundheit, bis auf ein paar Kleinigkeiten, an die ich mich wie ein Ertrinkender klammete. Schließlich will man ja kein eingebildeter Kranker sein. So erstickte ich bald in allerlei Gesundheitsbüchern, immer auf der Suche nach neuen Ursachen. Was mich durch viele Bewusstseinsebenen trieb: ich suchte in verschiedenen Religionen mein Heil, verstand mich bald bestens auf das Kräutersammeln, lernte eine Menge belesener Leute kennen und übte mich in verschiedenen Körpererfahrungstechniken.

Erleichterung erfuhr dabei auf wundersame Weise meine Geldbörse, mein Körper allerdings blieb schwer, wie ein nasser Strohsack. Er wollte meinen Erfahrungen und meinem angelesenen Wissen über ihn einfach nicht folgen.

Seine Lieblingsattacke gegen mich war der Schwindel. Meistens war er ein begleitendes Symptom, doch oft übernahm der Schwindel auch die Einleitung von größeren Angriffen gegen mich, zum Beispiel von furchtbaren Schwächezuständen ohne ärztlichen Befund oder Herzattacken, die dann doch keine waren.

Gott sei Dank leben wir in einer klimatischen Region, wo man Schwindelgefühle auch auf das Wetter schieben kann. Hierfür brauchte ich mich also nicht zu schämen, denn alle meine Freundinnen, die ich regelmäßig zur Schwindelbefragung anrief, bestätigten mir, dass sie auch irgendwie einen komischen Kopf hätten und es müsste wohl am Wetter liegen. Unermüdlich und peinlich gründlich sortierte ich in meiner Umwelt die Menschen, die genauso viel Schlaf brauchten wie ich oder zumindest genauso müde waren. Viele klagten über genau die gleichen Symptome, was mich immer ein bisschen beruhigte.

Welche eine Freude überkam mich, wenn ich eine belegbare Infektion vorzuweisen hatte, oder als ich einmal einen Gips tragen durfte, was die Kläglichkeit meines Körpers legitimierte, denn er brauchte jetzt wirklich Kraft um auszuheilen, und ich hatte eine Entschuldigung für meine versäumten Aufgaben.

Ja, ich schämte mich für meine Unpässlichkeiten und ich brauchte einen Grund zur Entschuldigung, dass ich nicht so funktionierte wie viele andere. Immerhin hatte ich über die Jahre meines Missempfindens schon einige Diagnosen bekommen. Ich war also Gott sei

Dank nicht so ganz gesund und traute mich wieder mehr unter die Leute, denen ich auf die Frage wie es mir geht, nicht nur ein verbissenes "ganz gut soweit", sondern eine detaillierte Auskunft über allseits bekannte Krankheiten geben konnte.

Nur reichte es bei weitem nicht aus für eine Erklärung meiner ständigen Übelkeit mir selbst gegenüber. Bald fand ich mich in einem Wartezimmer wieder, dieses Mal in der Gesellschaft von Menschen, deren Mundwinkel fast den Erdkern berührten, in meiner Hand ein Brief der bescheinigte, dass nicht mein Körper sondern meine Seele krank sei. Die niedergeschlagenen Menschen um mich herum erwiderten meinen übertrieben freundlichen Gruß mit einem weinerlichen Kopfnicken.

Angst stieg in mir hoch bis unter die Haarspitzen. Sie manifestierte sich dann in einer gewohnten Atemnot und dem ach so vertrauten Schwindel. Wenn es eine Krankheit gab, die ich für hochgradig ansteckend hielt, dann war es eine negative Lebenseinstellung.

Diese angewachsene Hilflosigkeit bei erwachsenen Menschen löst bei mir sofort einen überschwänglichen Altruismus aus. Ich versuche dann die ganze Welt aufzuheitern, bis ich dann selbst meist hilflos werde.

Schnell vollzog ich mit Hilfe meines Taschenspiegels eine Mundwinkelkontrolle, und war mit dem Ergebnis einigermaßen zufrieden.

Bloß nicht hinschauen, dachte ich, und lauschte trotzdem gerührt den weinerlichen Stimmen, die sich gegenseitig das Leid klagten.

Mir ging es immer schlechter. Ich wollte schon wieder gehen, da rief man mich auf. Inzwischen quälte mich ein Krampf im Fuß und all meine anderen Beschwerden waren verschwunden. Völlig zerknirscht und kleinlaut beklagte ich mich über meinen ungezogenen Körper, der nie so wollte, wie ich es gerne hätte und erwähnte auch den Krampf.

Teilnahmslos befragte man mich über meine Lebensgeschichte, wohlwissend, dass hier wohl der Hase begraben war. Keiner aber schien sich für meine körperlichen Symptome zu interessieren.

Man diagnostizierte eine Depression, was mich bewog, meine Mundwinkel noch häufiger zu kontrollieren. Zu Hause angekommen, half mir mein Körper die Bücherregale umzuräu-

men, denn ich hatte mich eingedeckt mit Büchern über Psychologie und diverse Seelenkrankheiten. Am liebsten hätte ich sie alle auf einmal gelesen, um zu wissen wie es weiterzugehen hatte.

Es wurde sehr spannend. In solchen Phasen zog meine bessere Hälfte auch richtig mit. Wir wollten beide das gleiche, und er ließ mich eine Zeitlang nicht im Stich.

Eine sehr lehrreiche Zeit verbrachten wir zusammen in einer psychosomatischen Klinik. Dort fand ich viele Leute mit widerspenstigen Leibern. Alle trugen den ihren mit sehr viel Humor herum. Man war freundlich zueinander bis zum jeweiligen Zusammenbruch. Keiner dort hatte dieses Mundwinkelproblem. Alle konnten über sich selbst lachen. Gemeinsam begriffen wir, dass die ewigen Jammerlappen die gesünderen waren. Unsere Energieeffizienz schien ihnen scheinbar unerschöpflich. Alle meine Mitpatienten hatten ein ähnliches Problem wie ich. Sie schleppten einen unfähigen Körper mit sich herum und kannten viele Leute, die todtraurig waren und denen man

nicht mehr helfen konnte. Wie es sich in zahl-
losen Gesprächen herausstellte, wollten unsere
Freunde ihre Traurigkeit nicht verlieren, sie
lehnten auch jegliche Therapie ab, sammelten
ihre Probleme und luden sie bei uns ab. Und
wir trugen die Verantwortung dafür. Also doch
ansteckend, dachte ich. In irgendeiner Form
schon. Was aber hatte es mit unserem körperlichen Befinden zu tun?

Einmal erzählte ich in einer Gruppenstunde
von meiner Freundin, die ich noch nie leiden
konnte und musste über mich selbst lachen.
Noch mitten im Lachen bekam ich einen
Heulkrampf und es wurde mir so übel, dass
man mich aufs Zimmer brachte. Man riet mir,
diese Freundschaft zu beenden. Nun hatte ich
wirklich ein Problem. Diese Freundin war ein
solches Bündel Elend mit immer neuen und
schlimmeren Sorgen, und ich hatte ein so
schlechtes Gewissen bei dem Gedanken, sie
damit alleine zu lassen. Bei den anderen fand
ich Verständnis. Auch sie hatten Freund-
schaften, für die sie Verantwortung mittrugen.

Eine spannende Zeit lag vor uns. Man durch-forstete unsere gesamte Vergangenheit nach Ursachen für unser fälschliches Verhalten. Ich konnte mir damals überhaupt nicht vorstellen, wie ich dadurch meine körperlichen Funk-tionen in den Griff kriegen sollte.

Ich fing an Zusammenhänge herzustellen, und beschäftigte mich zum ersten Mal auch mit meiner Seele, was mich zu einem über-schwänglichen Bücherkauf zwang. So hatte ich meinen Nachttisch voll mit Listen liegen, von denen ich ablesen konnte, dass Kopfweh Kopfzerbrechen bedeutete und was den Menschen so alles an die Nieren geht.

Die krank gewordenen Seelen waren also schuld, wenn die Organe den Geist aufgeben wollten. Trotzdem war ich anderer Meinung. Bei mir machte die Hülle die Seele kaputt, weil nichts so funktionierte wie ich es wollte. Ich hatte eine Wut auf alle Krankheiten und fing an, dieses funktionsunfähige Teil besser zu beobachten.

Ein Pfundskerl.

Mit der Zeit stellte ich fest, dass er im wahrsten Sinne des Wortes ein Pfundskerl war, und vielleicht sogar viel schlauer als ich. Eine

Freundschaft zwischen mir und meinem unzuverlässigen Organen war zumindest nicht mehr ausgeschlossen.

So beschloss ich, ihn um ein paar Kilos zu erleichtern und mehr auf ihn zu achten. Doch unkompliziert gestaltete sich diese Freundschaft überhaupt nicht. Mein Kopf las in einem Diätbuch und redete sich tausend gute Vorsätze ein, die ab "morgen" in die Tat umgesetzt werden sollten. Scheinbar habe ich den Pfundskerl damit sehr beunruhigt, denn er lechzte bald nach einer kühlen Tafel Schokolade. Die wurde ihm, wie schon oft, ein letztes mal genehmigt. An diesem Abend aber war alles ganz anders. Nach der Tafel Schokolade und dem dritten Wurstbrot waren da immer noch die Gelüste auf etwas besonderes. Mein Pfundskerl bekam eine Heidenangst. Alle Organe fühlten, wie ernst es meinem Kopf war, endlich abzunehmen, und entwickelten gemeinsam schmerzliche Hungerattacken.

Am nächsten Morgen saß ich dann frustriert vor einem Kräcker und unüblich schwarzem bitterem Kaffee. Panische Angst, es könnte so bleiben, zwang den gewichtigen Freund, seinen gesamten Stoffwechsel einzustellen.

Er brachte ein ganzes Kilo mehr auf die Waage und weigerte sich, auch nur ein Gramm davon abzugeben, weder in fester, noch in flüssiger Form. Den ganzen Tag über versuchte er, durch Heißhungeranfälle meinen Verstand von seinem festen Vorhaben abzuhalten. Wahrscheinlich war ich in einem früheren Leben einmal ein schlanker Mensch, und habe damit geprotzt, oder ich habe die Dicken verlacht und soll jetzt dafür büßen.

Anders konnte ich mir dieses Martyrium nicht vorstellen. Am Abend hatte ich noch ein Pfund mehr, trotz des entsetzlichen Hungers. Die Kapitulation fand bei einer Schweinshaxe und einer Flasche Bier statt, was dem Pfundskerl auch nicht recht zu sein schien, denn er meldete sich sofort zu Wort, wozu er brummend den Magen benutzte.

So bemerkte ich immer mehr, dass der Körper seine eigenen Instinkte besaß, die durch die Wahrnehmung der einzelnen Organe unterstützt wurden. Je deutlicher ich seinen Selbsterhaltungstrieb zu spüren bekam, desto mehr begann ich ihn zu verstehen. Ich hatte wohl eine schwächliche Seele, die alles mit sich machen ließ. Und dieser "Pfundskerl" wehrte sich an ihrer Stelle gegen unsere Umwelt. Er wollte mir nur helfen und sagte entschieden "Nein" zu allen Aktivitäten, gegen die weder mein Verstand, noch meine Seele sich wehren wollten. Blindlings erkannte er auch die Menschen, die man besser meiden sollte, indem er die Nackenhaare anhob und fröstelte.

Fazit ist: ein menschlicher Körper ist genauso klug wie ein treuer Hund, nur bei weitem nicht halb so folgsam.

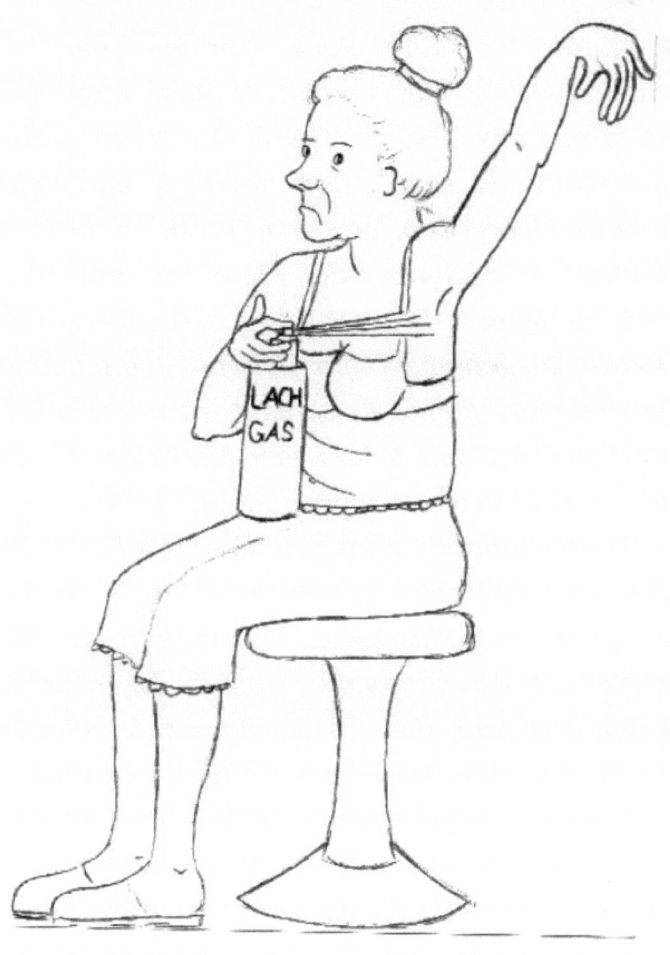

Mein Pfundskerl auf Reisen.

Wenn ich eine Reise vorhabe und am Kofferpacken bin, verhält er sich träge und lässt mir nichts so recht von der Hand gehen. So als ob er sich schon überlegt, mit welch einem Gebrechen er diese Reise verhindern könnte. Wie Kinder oder Tiere, die grundsätzlich ein Magen- Darmproblem haben, wenn die Eltern ausgehen wollen. Ich bin dann immer gezwungen, meine Reisepläne zu überdenken, und besorge mir schon mal Medikamente für alle erdenklichen Eventualitäten.

Der Blutdruck wird erhöht, als ob ich die Reise zu Fuß machen müsste. Niemals vergisst er genügend Flüssigkeit einzulagern, die ich dann mit Wassertabletten regulieren muss. Es könnte ja sein, dass es am Reiseziel nichts zu trinken gibt. Frösteln und Schwitzen zugleich, lässt mich immer den zweiten Koffer vom Speicher holen, um kleidungsmäßig für jedes Wetter gerüstet zu sein. Meistens nimmt mich diese Informationsflut so in Anspruch, dass ich die Reise letztlich wegen eines Schwächeanfalls absagen muss. *Grundsätzlich scheint er kein anderes Klima zu mögen.*

Dabei waren mein Verstand und meine Seele absolut risikofreudig und in keinster Weise ängstlich. Wollten sie doch beide noch so viel Interessantes erfahren und erleben. Ja, voller Leidenschaft und Neugier machten sie Pläne, um ihren unbändigen Wissensdurst zu stillen. Nur mein Körper hatte scheinbar vor allem Angst. Es war bei mir gerade umgekehrt wie in den schlauen Fachbüchern der Psychologie.

Er verweigerte absolut jeden Schritt, wobei er die unerklärlichsten Symptome anwandte, die bei den medizinisch Gebildeten jeweils ein allwissendes Lächeln aufs Gesicht zauberten. Was nicht in den gescheiten Büchern nachzulesen war, bezeichnete man als vegetative Störung des Nervensystems.

Entweder ich war ein paar Generationen zu früh geboren, oder die Medizin nicht gerade auf dem neuesten Stand. So schwächelte ich eben vor mich hin. Liebevolle Bemerkungen, wie "Reiß Dich halt ein bisschen zusammen" oder "Du bist halt ein bisschen empfindlicher" verfehlten total ihren Sinn, und waren keineswegs sehr hilfreich.

Man versorgte mich großzügig mit Mitteln zur Symptombekämpfung, gab mir diverse Ernährungsratschläge und wies mich auf meinen ungesunden Lebenswandel hin.

Triefend vor Schuldgefühlen ahnte ich, dass dieser "Pfundskerl" vielleicht gar nicht mehr mit mir zusammen sein wollte. Oder vielleicht erst recht?

Der Verstand
auf Entdeckungsreise.

Lähmende Faulheit zwang mich immer wieder zu Ruhepausen, die nicht in meinen Tagesablauf eingeplant waren.

Meine Gedanken waren beim Bügeln oder Putzen, auch bei den Terminen, die versäumt wurden. Das ausführende Organ aber lag teilnahmslos auf der Couch und bewegte sich nicht. Er verweigerte alles - außer Nahrung. Zerknirscht erkannte das bisschen Geist in mir, was eigentlich längst hätte getan werden sollen und erinnerte mich an einen Berg unerledigter Arbeit. Mit solchen eigentlich legitimen Feststellungen setzte er die letzte körperliche Energie schachmatt.

Angeleitet von esoterischen Lehrbüchern suchte ich in diesem Schlachtfeld nach meiner Seele. Wenn diese Seele krank war, wie man mir versicherte, so müsste ich eine solche wenigstens haben.

Wenn auch nur ein bisschen in diesen Büchern stimmt, dann muss meine Seele so sehr krank sein, dass der Pfundskerl für sie alle Schutzaufgaben übernommen hat.

Das wäre ein gutes Zeichen. Schließlich hatte er dann ein großes Interesse daran, gerade für diese Seele, die meine nämlich, ein wachsames Wohnmobil zu sein. Sonst würde er sich ja nicht so ins Zeug legen. Behausung zu sein für eine angeschlagene Seele ist bestimmt auch nicht so leicht, dachte mein Verstand und versuchte, die Übertreibungen des Körpers wenigstens zu respektieren.

Insgesamt war ich über solche Erkenntnisse zerknirscht, und ich tröstete mich damit, dass bei den Menschen, die keine Seele hatten, auch keine krank werden konnte.

Nur eines wollte ich auf keinen Fall. Niemals wollte ich mit weinerlichen Pfienztönen und einem ausgerutschten Gesicht bei anderen Leuten zum Energiesammeln gehen.

In den Tiefen meiner Seele fanden sich einige Ereignisse, die mich nach fachlichen Erkenntnissen krank machen mussten. Aber immer wurden sie verursacht durch Menschen, mit denen ich unendlich Mitleid hatte. Schon als Kind begegnete ich Ihnen. Es waren immer die armen verkrachten Existenzen, denen man das Sündigen nicht übel nehmen durfte. Keiner konnte etwas dafür, dass er böse war. Hatte ihn doch das Schicksal benachteiligt und mit Dummheit und Uneinsicht gestraft. Es war führwahr unmöglich, diesen bedauernswerten Personen etwas nachzutragen.

Die Fachleute sprachen bei mir von einem Abgrenzungsproblem, einem somatisierten.

Eine stabile Seele.

Ich hatte also bisher alles falsch gemacht. Meine Seele musste stabilisiert werden und nicht mein Körper. Wenn das Papier jetzt ein Mensch wäre, würde er die Hand vor den Mund nehmen und mir versichern, es keinem Menschen zu erzählen. So etwas wird wohl nicht offiziell verhandelt. "Die war schon mal fort" hieß es bei uns im Dorf, wörtlich übersetzt beschreibt man damit einen Menschen, der nicht ganz dicht ist. Alle Leute, die ich in "solchen" Wartezimmern traf und die mich kannten, versicherten mir, dass sie eine steife Hand oder einen grippalen Infekt hatten, und der "normale" Hausarzt nicht aufzufinden war.

Auch das noch, stellte ich fest, eine solche Krankheit war nicht salonfähig.

Aber was sollte ich machen?! Mein Pfundskerl blieb krank, ohne medizinischen Befund. Vom alten Testament übers Neue bis zum tibetanischen Totenbuch türmte sich die Lektüre vor meinem Bett. Sigmund Freud lag neben den Reden des Dalai Lama. Ich konsumierte zentnerweise Papier auf dem Weg zur Entschlüsselung meiner eigenen Seele, denn ich wollte um jeden Preis wieder gesund werden. Sämtliche Vorträge über energetische Körperarbeit und verschiedener Atemtechniken zog ich mir rein. Und ich konsultierte mit meinem Pfundskerl alle Wunderheiler, dir mir empfohlen wurden.

Schließlich brach der "Widerspenstige" erschöpft zusammen, und machte mir wieder einen Strich durch die Rechnung.

Aufs neue wurde er wieder allen möglichen Untersuchungen unterzogen und ich freute mich über ein paar lapidare medizinische Befunde, denen ich mit Medikamenten Einhalt gebieten konnte.

Mit einem ironischen Blick auf meine Krankenakte tätschelte man mich liebevoll am Arm und versicherte mir, dass ich mir die restlichen Beschwerden nur einbildete.

Natürlich benutzte man dafür ein paar utopische Fremdwörter, die ich zu Hause erst nachschlagen musste.

Ich fühlte mich wie ein verstimmtes Klavier, stets bemüht, eine Tonlage zu finden für ein Lied, welches ich selbst noch nicht kannte. Unbewusst summte ich meine Melodie in Molltönen vor mich hin.

Neben vielen lateinischen Begriffen stand auch Adipositas in meinen Unterlagen, was bedeutet, dass die Weichteile sich nun doch genügend Geltung verschafften. Zu deutsch: die Form seiner Präsenz war Fettleibigkeit. Und man fand endlich auch Erklärungen für die Atemnot und die Herzattacken. Ob ich deshalb ein wenig Freude empfand? Ich wusste es nicht, und mein Gesicht wusste es auch noch nicht, wie mir der Blick in den Spiegel bestätigte. Seine Fülle bezog er wohl aus der Angst, ich könnte seinen eisernen Reserven ernsthaft zu Leibe rücken. Alles, was sich in meinem Kopf zu einer Idee anbahnte, und einen ernsten Vorsatz nach sich zog, schien ihn zu bedrohen. Verstehen konnte ich es nicht, aber er fing an, mir leid zu tun. Nun musste ich höllisch aufpassen. Die Nutzbarkeit meiner Krankheit gegen das schlechte Gewissen schlich sich wie ein gemeiner Bandit in die Kammern meines Unterbewusststeins. Unterstützt von belesenen Diagnostikern fing ich an, meine Wehwehchen zu pflegen. Zum Beispiel wurde nun aus einer Fibromyalgie stinknormales Rheuma, und ließ sich sogar im Blut nachweisen. Sportliche Aktivitäten hasste mein Pfundskerl ohnehin wie die Pest. Schon wenn sich ein solcher Gedanke in meinem Kopf manifestiert hatte, stemmte er sich mit Vehemmenz dagegen. Es waren mehrere Krankheiten, die mir gelegen kamen und ich rutschte immer weiter weg von einer eventuellen Genesung.

Ich war mit einem Seismographen unterwegs. Irgendwann, in einer aufbegehrenden Trotzphase, machte ich für mich eine meiner lebenswichtigsten Entdeckungen.

Mein Pfundskerl tat mir inzwischen so leid, dass ich unbedingt Partei für ihn ergreifen musste.

"Ich habe den gesündesten Körper der Welt," dachte ich. Krank wäre er, wenn er blind meinen Wünschen nachlaufen würde, kritiklos wäre und eigentlich auch symptom-frei.

Um gegen meinen Dickkopf und gegen meine stürmische Seele anzugehen, musste er eine eigene starke Persönlichkeit entwickeln. Ich peitschte ihn oft wie einen kranken Gaul, und machte damit seine körpereigene Intelligenz noch stärker. Kein Wunder, wenn er manchmal allzu heftig überreagierte.

Natürlich war ich noch weit davon entfernt, ihn als Freund zu gewinnen und ich musste noch sehr lange Zeit mit seinen Launen rechnen. Ich hatte eine widerspenstige Seele in einem widerspenstigen Körper wohnen und musste den beiden zuerst einen klaren Kopf aufsetzen.

Mit einem spektakulären Migräneanfall beendeten wir unsere jahrelange Feindschaft. Ich ließ ihn ohne Groll sich seiner Giftstoffe entledigen und den über die Maßen langen Schlaf gönnte ich ihm. Ohne Murren und ohne Blick auf den ausgedrückten Wecker überließ ich ihn seiner wohlverdienten Rekonvaleszenz.

Seinen morgendlichen Niesanfällen zollte ich die gebührende Achtung. In meinem Selbstzerstörungswahn hatte ich den Atemwegen jede Menge Zigaretten zugemutet. Sein lautes "Hatschi" unterstrich seine Bemühungen, diese zu reinigen.

Ich schenkte ihm meine Ehrerbietung und opferte ohne Murren so viele Taschentücher, wie er dazu benötigte.

An diesem wundersamen Morgen fragte nicht einmal ein Nachbar, ob ich erkältet sei. Wozu auch? Es bestand keinerlei Anlass, über die Niesanfälle nachzudenken.

Ein wahrer "Pfundskerl", mein Körper. Er besaß eine so selbstverständliche Intelligenz, die mir vielleicht sogar mein Überleben ermöglichte. Bei all meinem Respekt vor den Wundern der Schöpfung, die ich ach so ausgiebig studierte, hatte ich das Naheliegendste übersehen: mich selbst. Ich war auch ein Wunder der Schöpfung. Und mein Pfundskerl erst! Jahrelang hielt ich ihn für einen Taugenichts, nur weil er nicht in die Norm passte.

Mit dieser neuen Erkenntnis an diesem

neuen Morgen begann für meinen Pfundskerl ein neues Leben. Nicht, dass ich ihn von nun an mit gesunden Körnern und halbgarem Gemüse fütterte. Nein, ich verwehrte ihm seine Schweinshaxe nicht, und auch nicht sein Feierabendbier.

Ich gönnte ihm sogar seine Frühstückszigaretten, wenn auch mit schlechtem Gewissen. Nur eines war von nun an anders geworden. Mein Pfundskerl wurde zum Individuum gekürt. Es gab für ihn keinen Body-Maß-Index mehr. Kein Buch der Welt hatte ihm mehr vorzuschreiben, wie viel Schlaf ein Körper braucht und wie viel er wiegen darf. Ich hatte nie vorgehabt, mich als Pin-up-Girl oder als Model zu bewerben, in Folge dessen bedurfte es keinerlei Standardmaßen.

Er war nur für mich gemacht, als Hülle, um mich vor den Stürmen des Lebens zu bewahren. Ein richtiger "Pfundskerl" eben, der mit mir durch dick und dünn gegangen war. Und so sollte es bleiben!

Nun aber entsprach es meiner Natur, weiter zu forschen. Schließlich hatte man mir schwarz auf weiß bescheinigt, dass meine Seele krank war.

Die einschlägig belesenen Fachleute schnüffelten emsig in meiner Vergangenheit herum und ich gab bereitwillig alle meine Geheimnisse preis. Natürlich schlägt das Leben Wunden in die Seele und es würde ausufern, sie alle einzeln auszuführen, aber gibt es wirklich ein Konzept für alle Seelen?

Der panischen Angst vor weiteren Verletzungen soll man begegnen, indem man Mitleid beseitigt und Mitgefühl auf ein Minimum begrenzt. Ein gesunder Egoismus wird empfohlen, der andere Menschen massiv in die Schranken weist. Das wiederum unterstützt die Angst, nicht in den Himmel zu kommen. Dieses kindliche Unbehagen sitzt in uns allen, wurde vielleicht sogar zu Recht genährt und gezüchtet in unseren Seelen.

Mein Problem war, dass ich gar keine egoistische Seele wollte. Dagegen war ich aber überzeugt, sie hätte sich nach all den Turbulenzen eine gründliche Entspannung verdient.

Entspannung der Seele

Sichtlich erleichtert und überrascht vom großen Angebot der Entspannungstechniken für kranke Seelen, machte ich mich neugierig über einschlägige Lektüre her. Man kann in den Himalaja reisen, sich dort in ein Kloster einschließen lassen oder nach Gran Canaria fliegen, um dort den ganzen Tag "OM" zu sagen. Ich suchte nach einem Buch über das "OM"-Sagen im Odenwald, fand aber keines. So entschloss ich mich zu den finanziell wesentlich günstigeren Atemübungen, der progressiven Muskelentspannung und machte tibetische Verjüngungs-Übungen. Außerdem besuchte ich Kurse für Autogenes Training und Yoga, sowie verschiedener asiatischer Heilmeditationen. Für das Geld und den Stress hätte ich auch in den Himalaja fliegen können, oder nach Gran Canaria zum "OM"-Sagen.

All diese Bücher schienen für ganz andere Leute als mich geschrieben zu sein. Meine Seele war bockig, sie entspannte sich dabei in keinster Weise. Im Gegenteil, sie teilte mir ver-

zweifelt mit, dass ich sie endlich in Ruhe lassen sollte. Ausführendes Sprachrohr war wiederum der Pfundskerl, der mit körperlicher Müdigkeit die seelische Erschöpfung einleitete und unterstrich. In dieser Müdigkeit eingeflochten lag eine unruhige Umtriebigkeit, die schwer zu beschreiben ist.

Ich kaufte mir einige CDs mit Vogelzwitschern, Walgesängen und Wasserrauschen, unterbrochen von einer Männerstimme, die eindringlich flüsterte. "Es geht mir von Tag zu Tag immer besser!" "Ihm vielleicht, aber mir nicht. "Der hat gut reden" dachte ich, und entschied mich für das Schnurren meiner Katze, weil es echt war.

Einen Dieb erkennt man daran, wie fest er seine Geldbörse hält

Die Lösung für panische Angst ist oft auch bei den tief in uns sitzenden verborgenen Schweinehunden zu finden. Da jeder Mensch nur einen Menschen richtig kennt, nämlich sich selbst. So hat ein Dieb ständig Angst davor, beklaut zu werden, ein Lügner glaubt niemandem etwas und alle Fremdgänger werden irgendwann von quälender Eifersucht heimgesucht.

Argwohn und Misstrauen richten sich oft gegen das eigene "Selbst". Eine überaus gerechte Ironie des Schicksals. Es sagt uns aber auch, dass die Angst, nicht genug geliebt zu werden, die fast in uns allen sitzt, immer auch damit zusammenhängt, dass wir selbst nicht richtig lieben können. So würde zumindest die Logik darüber aussehen.

An dieser Stelle fühle ich eine heranbrechende Ausuferungstendenz zum Thema Liebe, was bei mir einen totalen Stilbruch hin zum Lyrischen zur Folge hätte.

Außerdem möchte ich diesen Teil zum Nachdenken offen lassen.

Unzählige Geschichten gibt es in meinem Leben, die weit besser das Thema Angst beschreiben könnten. Trotzdem beschränke ich mich gerne auf letztere.

Angst ist bei psychosomatisch gestörten Menschen immer präsent. Eine permanente Sorge um die ganze Welt erfüllt den Tagesablauf, unterbrochen von plötzlichen Angstanfällen, die die Luft abschnüren, manchmal mitten in der Nacht, aber immer völlig grundlos. Sie halten aber auch wach, lassen den Menschen fürsorglich werden und alle möglichen Gefahrenquellen ständig überprüfen.

Die Leitungen zwischen Körper, Seele und Verstand sind eigentlich immer in Betrieb und in ihrer Funktion unantastbar. So dachte jedenfalls ich.

Als aber eine Überprüfung dieser Leitungen stattfand, mittels eines Brandes in meinem Haus, stellte ich etwas fest, was einer Fehlzündung gleichkam.

Eine Freundin stürmte in die Küche und rief "Schnell, ruf die Feuerwehr, dein Keller brennt!" Worauf ich weiter bügelte und erwiderte "Ich schau mir das gleich mal an. Mein Pfundskerl blieb völlig ruhig, die Seele fühlte nichts und der Verstand nahm sich Zeit zum Sammeln. Waren diese Leitungen außer Gefecht, weil sie sich an Angst gewöhnt hatten, oder blockierte mein schlauer Pfundskerl die Panik aus reinem Selbsterhaltungstrieb?

Nach dieser einen Sekunde Erholung fingen alle drei endlich an zusammenzuwirken. Meine Seele hatte ihre Angst wieder gefunden, der Verstand lenkte den Pfundskerl zum Telefon, welcher auch endlich den Blutdruck erhöhte und seine Herzstiche bekam.

In dieser Situation fanden sie sich zum Zusammenspiel wieder. Von hier ab muss ich meiner Seele einen anderen Namen geben. Sie wurde zum Gemüt und auf wunderbare Weise fühlbar. Dieser dreifaltige Mechanismus hatte die Feuerwehr angerufen, die Katzen in die Freiheit geschickt und den Hund an die Leine genommen. Mit nichts außer meinen Tieren saß ich auf der Treppe des Nachbarn und rechnete mit dem Schlimmsten. Die Feuerwehr löschte, alle meine Nachbarn boten mir ihre Hilfe und einen Unterschlupf an und viele Neugierige erkundigten sich bereits nach den möglichen Ursachen, um sie schnell weitererzählen zu können. In einem guten Film würde man jetzt die Bilder in Zeitlupe ablaufen lassen, denn so fühlte ich mich jetzt. Alles schien mich nichts mehr anzugehen. Mein Pfundskerl zitterte und schwächelte, verlangte gierig nach einer Baldrian-Pastille, die nicht aufzutreiben war. Aber das macht er auch, wenn es nirgends brennt. Er ist dann in einer merkwürdigen Erregung, ja eher Aufbruchstimmung, sitzt aber wie gelähmt da und rührt sich nicht. Normalerweise mache ich dann ein paar Gymnastikübungen, um die zitternde Unruhe aus meinen morschen Knochen zu treiben, aber das würde jetzt blöd aussehen, wenn nebendran mein Haus brennt. Langsam wurde mir klar, dass ich außer meinen Tieren und meinem Pfundskerl nichts bei mir hatte. Mein Geldbeutel lag sogar drinnen auf dem Tisch und ich hatte nicht einmal Schuhe an. Nichts war mir wirklich wichtig, ich war mir selbst genug und meine Tiere mein einziger Wohlstand. Die Angst verflüchtigte sich just in dem Moment, als ich alles aufgegeben hatte und mich völlig dem Schicksal überließ.

Natürlich hatte ich bis dahin etwa hundert Vaterunser gebetet, und der heilige Florian hatte genug Zeit, alle Feuerstellen und Kerzen im gesamten Landkreis zu löschen.

Jetzt aber passierte etwas Merkwürdiges! Ich rechnete mit keinerlei Besitz mehr, war aber nicht verzweifelt. *Kaum schaltet sich der Verstand ab, was wohl in diesem Moment der Fall war, kehrt Ruhe ein. Selbst mein Pfundskerl entspannte sich und mein Gemüt erfreute sich an der Zuwendung meiner Nachbarn. Da gab es ja auch nichts mehr. Der schreckliche Moment, wenn mein gesamtes Hab und Gut zusammen fallen würde, war zigmal als Film in meinem Kopf abgelaufen und hatte seinen Schrecken verloren. Nichts zu haben hatte wohl auch etwas mit Erlösung und Entspannung zu tun. In manchen Büchern wird so etwas auch behauptet.*

Es war ein Loslassen eingetreten. Die Treppe meiner Nachbarn wurde zum Logenplatz und ich zum Beobachtungsposten. Männliche Helfer dachten daran, das Motorrad meines Sohnes in Sicherheit zu bringen, viel später dann auch an meinen Kleinwagen. Die weiblichen fragten, ob denn eine Versicherung vorhanden wäre. Sie boten mir auch ein Bett und eine Badewanne an, für den Ernstfall. Nur die Kinder verhielten sich vollkommen anders. Ihre Sorge galt nur den Katzen und meinem

Hund. Sie waren noch nicht verdorben von der Sorge um materiellen Besitz und hatten demzufolge auch noch keine psychosomatischen Störungen, dachte ich.

Um einen Übergang zum menschlichen Seelenleben zu schaffen, will ich Fabian zitieren, meinen sechsjährigen Lieblingsnachbarn "Du kannst heute nacht bei mir schlafen",--- "Bringst, du auch deinen Hund mit, er kann auch bei mir schlafen" Er rollte freudig mit seinen blauen Kulleraugen, die liebevoll im Fell meines Hundes zum Stehen kamen. Jäh unterbrochen wurde die Szene von den fleißigen Feuerwehrmännern, die mit den Löscharbeiten fertig waren. Fabian dachte bestimmt "Scheiße!" und ich dachte überhaupt nichts mehr.

Der Brand war gelöscht und mein Haus stand noch immer da. Ich hatte meine Besitztümer neu geschenkt bekommen.

Schon meldete sich wieder mein Verstand und wollte an die mögliche Unordnung denken: den Ruß, das Löschwasser und den verkohlten Müll im Keller. Aber er wurde von meinem Gemüt überrumpelt und schwieg.

Dieses Gemüt fühlte voller Dankbarkeit, das nichts im Leben selbstverständlich war. Alles was bereits verloren geglaubt war, wurde mir neu geschenkt. So etwas fühlt sich wunderbar an. Da kann man nicht einfach an lapidare Aufräumarbeiten denken. Das erste Bier auf meiner wunderbaren Eckbank schmeckte besser als alle seine Vorgänger.

Ich hatte diese Eckbank vorher auch nie so richtig geschätzt. Der Gedanke, heute Abend doch in meinem eigenen Bett zu liegen, ließ mich fast fromm werden. Etwas verstört und beleidigt kamen auch meine Katzen wieder zurück. Der Hund schlief erschöpft auf dem Sofa. Meine Söhne waren angereist und saßen mir fürsorglich gegenüber.

Alles war wie immer. Aber eigentlich doch nicht. Alles war neu, so neu wie noch nie. Dazugekommen war die Erkenntnis, dass wir wunderbare Nachbarn haben, dass unser Dorf über eine funktionstüchtige Feuerwehr verfügt, und ich ein Teil dieses Ganzen war. Nichts *gehörte mir wirklich und alle meine Aufregungen waren überflüssig. Trotzdem stand mir alles wieder neu zur Verfügung und durfte von mir benutzt werden. Mit tiefer Ehrfurcht verbrachte ich den folgenden Tag beim Abstauben. Eine neue Erkenntnis ist immer ein neues Geborenwerden.*

Krank oder gesund - meine Seele ist ebenso ein Pfundskerl wie mein Körper. Irgendwie passt dieses komplizierte Ding hinein in diesen widerspenstigen Kerl. Beide sind für mich o.k.. Ob sie für die Welt in Ordnung sind, weiß ich nicht. Ich weiß nur, dass die Welt für mich in Ordnung ist.

Diese Geschichte ist eine der banalsten in meinem Leben, aber in keiner anderen konnte ich meine Seelenbeschaffenheit besser erkennen. Alle die mir begegnen, bedauern mich wegen dem vielen Dreck und den Aufräumarbeiten. Ich aber empfinde unsägliches Glück in mir, weil noch soviel aufzuräumen und von Schmutz zu entfernen da ist.

Mein Gemüt hat mich sozusagen zurecht gerückt.

Wenn diese Geschichte auch für mich wunderbar ausgegangen ist: ich warne alle Leser mit psychosomatischen Störungen davor, in ihrem Keller einen Brand herbeizuwünschen. Vielmehr könnte es aber sinnvoll sein, wenn jeder in seinen eigenen Lebensgeschichten nach solchen Informationen sucht. Seelen scheinen genauso zu funktionieren wie Körper. Je üppiger sie beladen sind, umso mehr können sie sich krank fühlen. Wegen ihrer hohen Intelligenz aber sind Körper wie auch Seelen echte Pfundskerle, man muss sie nur in Ihrer Individualität belassen und nicht in eine Schablone sperren.

Der Verstand

Was ich in meinem Leben immer gut gebrauchen konnte, war mein Verstand. Und da er ja auch zu diesem Dreier-Prinzip gehört, *will ich ihm Beachtung zollen. Muss ihn aber auch rügen.*

Wenn meine Seele zur Nachtschicht geht und in den Träumen nach Arbeit sucht, will sich mein Pfundskerl endlich zum Schlafen legen. Wer aber sträubt sich und ist hellwach?

Mein Verstand.

Er plagt sich rum mit der Pflege meines Egos. Nun gut, er hat viel gelesen und eine Menge Informationen aufgenommen im Laufe eines langen Lebens, und kommt sich jetzt vor wie ein Krösus. Allerdings war das meiste, was ihn belesen macht, vom Verstand anderer Leute übernommen und entbehrt oft jeglicher Logik. Manchmal macht er sich Mühe und überdenkt das Erfahrene, aber nicht immer. Er weiß, wie viel ein Pfundskerl wiegen darf, wie er auszusehen hat, dass er acht Stunden Schlaf braucht und morgens wieder fit sein muss. All dieses Wissen bezog er aus Büchern und diversen Medien. Aber er glaubt es blind. Und nachts, wenn er vollgefüttert ist mit Informationen, bestimmt er die Prioritäten für das gesamte Gehäuse.

Das hatte er sich angewöhnt.

Nun gut, seine Aufgabe ist es, sich weiterzu-entwickeln und sämtliches Wissen zu spei-chern, was bestimmt nicht immer leicht ist. Da sind auch noch die erzieherischen Informa-tionen meiner Eltern und Lehrer verbucht und abgeheftet. Und die wurden ihm schon mit gewissem Nachdruck beigebracht. Vielleicht machte ihn das so kritiklos.

Er war der Stärkste in dieser Lebens-gemeinschaft und mischte sich deshalb in alles ein. So bestimmt er den Tagesablauf und gibt vor, was man alles darf und was nicht. Er nimmt aber in keinster Weise Rücksicht auf die beiden Pfundskerle, die sich seit Jahren gegen ihn auflehnen.

Ich finde, er muss lernen, sich ein bisschen zurückzunehmen.

Vielleicht sollte er sein umfangreiches Wissen sortieren, denn es ist ja nur überliefert von irgendwelchen anderen Leuten. Für die vielleicht stimmig, aber für mich nicht immer.

Mein Körper ist ein Individualist und meine Seele auch. Wenn es jetzt auch noch meinem

Verstand gelingt, bin ich mit drei hochsensiblen Pfundskerlen bestens unterwegs.

Wunderbar funktioniert es immer, wenn mein Verstand die anderen zwei in Ruhe lässt und sie können sich erholen.

Er hat bereits gelernt, die Informationen aus meinem eigenen Leben zu sammeln und zu analysieren, und ich bin guter Hoffnung auf beste Zusammenarbeit.

Wenn ich in einem Buch etwas lese, das alle drei ein bisschen berührt, darf er es auch abspeichern und in die Gemeinschaft einbringen.

Informationen aus anderen Lebensgeschichten sind ab sofort kritisch zu prüfen, bevor sie übernommen werden. Die meisten davon gehen uns nichts an.

Meine psychosomatischen Beschwerden habe ich noch und sie werden vielleicht bleiben. Sie sind aber auch ein Zeichen dafür, dass ich mir über all die Jahre Lust und Frust meine Sensibilität bewahrt habe. Das Zusammenwirken von Körper, Seele und Verstand ist nicht immer einfach. Ein wahrer Pfundskerl aber weist uns immer wieder auf diese Wichtigkeit hin, und sorgt dafür, dass jeder von uns ein Suchender bleibt, und damit auch ein Lebender.

Die Psyche, der Stossdämpfer

Langsam begriff auch ich, dass es zwischen diesem aufmerksamen Pfundskerl von Körper und meiner viel zu überschwänglichen Seele etwas geben musste, was die Vermittlerfunktion übernehmen könnte. Vielleicht würden die beiden sich ein wenig besser vertragen, durch einen Dolmetscher, der die Sprache meiner Seele und ebenso die Sprache meines Körpers verstünde.

Während ich aber mein seniles Gehirn zermarterte, entdeckte ich nur eines: dass ein Mensch niemals etwas erfinden kann. Es ist in der Natur für alles gesorgt, und man darf es bestenfalls entdecken.

Ich bin mir immer noch nicht wirklich sicher, aber ich glaube daran, dass das, was die Fachleute Psyche nennen, einfach nur der total überforderte Stossdämpfer zwischen Seele und Körper ist. Da will der Geist Bergsteiger sein, und der Körper schafft es nicht einmal, die Kellertreppe hochzukommen.

So etwas könnte funktionieren, wenn die Seele reif genug wäre, Kraft aus den Schönheiten der Natur zu sammeln und weiterzugeben. Der Weg auf den Berg hinauf ist für einen noch so tollen Pfundskerl unmöglich, wenn die Seele ungerührt an den Schönheiten des Wegrandes vorbeihastet. Hier muss die Psyche ganz schön die Ärmel hochkrempeln. Es genügt nicht, wenn sie dem Körper sagt: "du schaffst es" und der Seele "mach langsam". Als guter Dolmetscher muss hier die Situation genau erklärt werden. Wenn ein solches Kontrollsystem versagt, kann der Körper durch einen allzu frühen Herztod ausgeschaltet und die Seele ganz schnell von der Sippe der Ahnen zurück gepfiffen werden. Mir fällt dabei auf, dass ein bisschen Hirn zur Unterstützung der Psyche nicht schaden kann.

Gewürdigt habe ich die Übersetzungstätigkeit meiner Psyche nicht wirklich. Besser gesagt, ich habe ihre Existenz erst bemerkt, als sie heruntergewirtschaftet war. Heute ist es mir voll bewusst, welch eine aufreibende Tätigkeit gerade meine Psyche zu bewerkstelligen hatte. Angenommen, eine Seele träumt von einer Reise ans Meer, will es aber nicht bei diesem Traum belassen, sondern möchte voller Ungeduld sofort dorthin. Der Körper reagiert mit Kurzatmigkeit. Vielleicht weil er die Ungeduld spürt, vermutlich fühlt er sich aber gerade jetzt zu keiner Reise fähig. Möglicherweise aber möchte er sich nur aufpumpen mit Kraft für ein bald mögliches Event. Die Psyche muss nun herausfinden, was er damit meint, und gibt ihren Übersetzungsversuch an das Gehirn weiter, sofern eines vorhanden ist. Aufgrund der Ausstrahlung, die sie dem Körper verleiht, erreicht sie oft auch das Gehirn eines Freundes oder Nachbarn der betreffenden Person. Fremde Gehirne zermartern dann ihre Psyche mit der Lösung dieser eigentlich simplen Aufgabe.

Der Körper der reiselustigen Person aber darf zu Hause bleiben, und wird beim nächsten einschlägigen Wunsch der Seele wahrscheinlich durch ein steifes Knie oder eine Blinddarmentzündung versuchen, noch deutlicher zu sein. Die Seele dieser betreffenden Person wird sich weiter ans Meer sehnen, oder aufs Land, wenn sie am Meer ist. Der Geist schaltet sich ab, weil die trotzige Psyche nicht mehr weiß, was eigentlich gewünscht wird, und weil ja die Gehirne der Nachbarn und Freunde inzwischen pausenlos damit beschäftigt sind, dieser einen armen Person zu helfen, die inzwischen behauptet, dass sie das Meer eigentlich blöd findet. Hier sind es die Freunde, die eine psychische Störung bekommen.

Die Pfundskerle von derart hilfsbereiten Seelen sind dann genötigt, immer deutlicher zu werden. In einem solchen Fall geht deren Psyche fremd und vernachlässigt den eigenen Haushalt. Nicht selten fühlen sie sich dann auch noch schuldig, bei der falschen Entscheidung mitgeholfen zu haben. Hier findet man, denke ich, die häufigste Ursache von Erkrankungen.

Es ist bereichernd, anderen Menschen zu helfen, denen es gerade schlecht geht und es ist mehr als nobel, all denen Glück und Hoffnung zu vermitteln, die sich für einen Moment verloren haben, denn Trost und Hilfe benötigt die ganze Welt.

Es wäre aber selbstschädigend, einem Menschen helfen zu wollen, der der Hilfe und der Helfer wegen lieber ein mäßiges Schicksal lebt. Eine so zweckgebundene Unzufriedenheit hat etwas Sündiges und sollte der eigenen Erhaltung wegen sorgfältig überprüft und gemieden werden.

Dies, glaube ich, ist eine der allerschwierigsten Herausforderungen im Leben. Der Respekt vor wirklicher Trauer muss dabei unbedingt erhalten bleiben.

Knoten auf dem Weg

Ein solches Kontrollsystem wie die Psyche kann auf einem langen Lebensweg des öfteren beschädigt werden und bedarf dann einer Reparatur. Wie am Namen zu erkennen ist, geht man wegen einer solchen Reparatur zu einem Psychologen.

Die Beschädigungen liegen meist sehr lange zurück. Sie werden fast immer aufgedeckt und manchmal auch repariert, was nicht immer gelingt.

Wenn man den Pfundskerl mit einem Auto vergleichen wollte, dann wäre er jahrelang mit einem Getriebeschaden unterwegs oder zumindest mit angezogener Handbremse gefahren. Wenn ich etwas von Autos verstehen würde, gäbe es sicherlich noch mehr Vergleiche, aber dem ist nicht so.

Der mit dem Auto verglichene Pfundskerl wäre aber jetzt schon ein Fall für die Schulmedizin. Was bestimmt oft übersehen wird, wenn in der Krankenakte "Psychosomatische Störung" steht. Fehlt der Psyche das Hirn für die Übersetzungen, was man ohne weiteres durch einen Psychologen ersetzen kann, könnte ein verzweifelter Pfundskerl auch mal überreagieren und aus Kopfweh einen Hirntumor oder aus einer ständigen Magenreizung ein Magengeschwür machen. Was stellt man nicht alles an, wenn man verstanden werden will...

Da ich von Autos absolut nichts verstehe,

vergleiche ich die Seele jetzt einfach mit einem Kleid, hier bin ich nicht so eine Niete. Hat man ein Kleid mit vielen Knöpfen, so kann sich jeder vorstellen, was passiert, wenn man am Anfang einen Knopf ins falsche Loch bringt, und einfach weiter zuknöpft.

Hier empfiehlt es sich, das ganze Kleid wieder der Reihe nach aufzuknöpfen bis zur Fehlerstelle und dann das Ganze noch mal von vorne anzufangen.

Die Verteidigungsstrategien eines gesunden Pfundskerls sind vielfältig. Man nennt sie psychosomatische Krankheiten. Lange bevor ein Organ bedroht ist, lässt er es aufmüpfig werden, weil er eben ein wachsamer Pfundskerl ist.

Aber wie entsteht eine solche Bedrohung???

Hier will ich einen ganz lapidaren Satz herausgreifen, der jeden Tag auf der ganzen Welt hunderttausendmal herausrutscht.

Frauen unterhalten sich an der Straßenecke. Auf die Frage, wie die neue Schwiegertochter sich so macht, wird mit verzogenem Mund geantwortet: "Sie sitzt in der Küche und malt Bilder, nebenan steht noch das Geschirr." Alle rollen verstehend mit den Augen, denn dieser Satz sagt alles. Nämlich: sie taugt nichts.

Eigentlich wird hier ein Mensch beschrieben, der die Zeit der Entspannung erkannt hat und sie auch nützt. Wahrscheinlich ein über alle Maßen kreativer Mensch.

Allen am Getratsche Beteiligten wird es übel. Nicht aus Abneigung gegen die untaugliche Schwiegertochter. Nein, sie denken an ihr Geschirr zu Hause, oder an die ungemachten Betten. Schließlich weiß man, dass erst die Arbeit und dann das Vergnügen kommt. Die ganze Welt weiß es. Diese arme Schwiegertochter wird ihre gehörige Abreibung schon kriegen, schließlich finden alle, dass sich ein so ungebührliches Verhalten nicht gehört. Sie wird jedes Mal, wenn sie wieder malt, ein schlechtes Gewissen haben und überlegen, was noch alles zu tun ist. Noch bevor sie sich hinsetzt zum Malen

Irgendwann wird ihre Wohnung blitzsauber sein wie ein Schaufenster? aber sie wird wahrscheinlich nicht mehr malen.

Es wird immer noch eine Kommode da sein, die nicht abgestaubt ist, wenn sie abends erschöpft ins Bett fällt und nicht einschlafen kann, weil sie an diese Kommode denkt. Vermutlich schreit ihr Pfundskerl schon längst nach Entspannung, und man erzählt, dass sie es an den Nerven hat. Wenn man davon ausgeht, dass jeder Mensch nur über sich selbst gut Bescheid weiß, müsste sich das Geschirr ihrer Schwiegermutter schon bis an die Decke stapeln.

Die untaugliche Schwiegertochter ist gut erzogen worden, schafft aber trotzdem nichts, weil sie inzwischen krank ist. Ihre Bilder werden auch nicht mehr schön sein. Denn wenn sie je wieder malen würde, würde sie dabei immer an die unvollendete Arbeit denken. Wenn sie inzwischen berufstätig ist, wird sie in einem Büro sitzen und an ihr ungespültes Geschirr denken. Ist sie es nicht, dann denkt sie beim Putzen darüber nach, wie viel Geld sie da draußen verdienen könnte. Vermutlich wird sie zu nichts mehr Zeit haben, weil ihr angehäufter Besitz ihr über den Kopf wächst.

In der toten Materie gibt es unendlich viel zu tun.

Vielleicht aber hat sie Glück und ein Psychiater fragt sie, ob sie ein Hobby hätte. Dann wird sie ihm sagen, dass sie früher einmal gerne gemalt hätte, aber dazu keine Zeit mehr hat. Es wird Jahre dauern, bis sie wieder malen kann.

Oder ihr Pfundskerl zwingt sie durch eine schwere Krankheit in die Knie, damit sie außer zum Malen zu keiner anderen Tätigkeit mehr fähig ist. Schließlich hat er sich damals, als sie noch malte, sehr wohl gefühlt.

Diese Geschichte kann gestreut haben und verschiedene Ausgänge erreichen. Schließlich waren an diesem grauen Tag mehrere Zuhörer da, als das Urteil gefällt wurde. Sie hat nichts verbrochen, aber trotz des ungewaschenen Geschirrs saß sie da und malte ein Bild.

Noch ein Satz fällt mir ein, der in nahezu fast allen Seelen einen Schiffbruch verursachen kann.

Wir alle haben uns schon mindestens einmal total verausgabt und irgendeine Sache perfekt zu Ende geführt. Bei dieser Arbeit stieg unsere Erwartungshaltung auf ein gebührendes Lob ins Unermessliche. Während unserer Arbeit, egal welcher Art, fühlten wir schon die freudige Verblüfftheit der Eltern oder unserer Vorgesetzten, vielleicht auch des Ehemannes. Erschöpft und in übermächtiger Erwartung liefern sie nun ihr Werk ab und hören: "Warum nicht immer so, du kannst es doch?"

Das ist wie ein seelischer Schwangerschaftsabbruch und kann zur totalen geistigen Impotenz führen. Ich habe diesen Satz oft von Führungskräften gehört, die damit ihre Qualifikation bestimmt nicht unter Beweis stellten, eher ihre totale Unfähigkeit bewiesen. "Du kannst es doch" hätte genügt, "Warum nicht immer so?" erklärt eine unerfüllte Erwartungshaltung.

Statt dem erhofften Lob für die eine Arbeit,

erhält man nun eine Rüge für alle vormals abgelieferten Werke. Und das in einem Zustand, wo man sich völlig ausgeblutet fühlt. Das Unterbewusstsein stellt dann fest, Anstrengung wird bestraft, nur nicht zeigen, was man wirklich kann.

Zu diesem Zweck sollten alle Chefs, Lehrer und auch Eltern noch einmal eine Lehre absolvieren und so etwas wie einen Führerschein ablegen. Hier könnte ich noch viele tausend Beispiele anführen, denn jedes gesprochene Wort in unserem Leben ist tief in die Seele eingeprägt und dafür gibt es leider keine Radiergummis.

Nach wie vor ist mein "Pfundskerl" nicht in der Lage, feste Termine für irgendein Event einzuhalten. Allerdings ist die Mühe, welche sich meine Psyche gibt, mit dem Übersetzen bereits erkennbar. Er hat es auch verdient, ein bisschen besser verstanden zu werden. Zumindest renne ich nicht gleich zur Kaffeemaschine, wenn er müde ist und sich ausruhen will. Leeres Papier und ein Schreibgerät kann

*einen guten Psychiater zwar nicht ersetzen,
aber trefflich unterstützen.*

*Sollte ich wieder einmal eine Thera-
piestunde mit einem Stapel Papier verbringen,
würde dies heißen: Fortsetzung folgt.*

*Danke an meine Freunde, von denen ich wun-
derbarerweise viele habe. Ihnen allen würde
ich jetzt gerne noch mehr erzählen, und dabei
die Allgemeinheit ausschließen.*

*Um es mir einfach zu machen, schreibe ich
jetzt einen Brief und schicke dann jedem ein
Buch.*

Liebe Freundin,

leider finden wir nicht immer genügend Zeit, um uns intensiver auszutauschen. Dankbar genieße ich immer dein herzhaftes Lachen und dein offenes Ohr für meine Belange, obwohl es Dir oft selbst nicht gut geht. Du sagst, dein Herz fühlt sich an wie rohes Fleisch. Notsignale der Seele? Kranke Herzen, so steht es in den Büchern, stechen, klopfen, ziehen oder drücken. Dein Herz ist eben wund, weil deine Seele ein Bahnhof ist. Ich kenne kein gesünderes und auch kein besseres Herz als Deines. Mit Dir kann man ausgelassen herumblödeln, ohne dass die Gespräche dabei an Tiefe verlieren. Dein Respekt und Deine Toleranz anderen Menschen gegenüber zeigen mir immer wieder dein hohes Niveau. Ich strebe dies ja auch an. Manchmal jedoch sind die Versuche eher kläglich. Wahrscheinlich sind wir beide einfach müde geworden. Zu müde um uns zu ärgern, oder alles auf die Waagschale zu legen. Es macht Mühe, dem Leben gegenüber wach zu bleiben. Und es ist nicht einfach, nach einschneidenden Erfahrungen den Vorwärtsgang wieder reinzukriegen. Du erzählst mir, dass Du dieses anstrengende Leben nicht unnötig verlängern willst. Ich mache mir aber keine Sorgen um Dich, denn Du bist sehr verantwortungsbewusst. Nach Deinem letzten Vollrausch traf ich Dich mit einem Leberwickel und einem Mineraldrink auf Deiner Couch an. Du hattest ein schlechtes Gewissen deinem Pfundskerl gegenüber. Tragik ist eben die Basis des wirklichen Humors.

Wir haben uns neulich über unsere Primel unterhalten und es macht Dich sichtlich traurig, weil Du ihr nicht helfen kannst. Das schaffst Du auch nie. Wenn ihr ein Taschentuch herunterfällt, genügt es nicht, dass Du es aufhebst. Die ganze Welt muss rennen, um es aufzuheben. Der Regen ist ihr zu nass, die Sonne zu heiß und wenn ein Baum blüht, denkt sie an das Laub, was sie im Herbst zusammenrechen muss. Für ihre Einsamkeit, von der sie immer redet, hat sie schließlich fünfzig Jahre lang gekämpft. Lass ihr um Himmels Willen ihre

Depression, sonst hat sie kein Druckmittel mehr.

Wir müssen Deine Depression erst einmal in den Griff kriegen, damit Dein Herz wieder ein Bahnhof sein kann. Die Depression unserer Primel ist keine, es ist eine Unverschämtheit gegen den lieben Gott.

Die tragischen Züge in ihrem Gesicht sind von Trotz und Bosheit eingekerbt. Traurigkeit macht nämlich schön.

Wenn sie sagt, sie hat keine Freunde, nur dich, dann denke bitte mal nach, warum! Weil man es mit ihr nämlich nicht aushalten kann. Schau auf die Nackenhaare bei deinem Hund, wenn Besuch kommt, deine Nackenhaare funktionieren nicht mehr so richtig.

Es bringt mich zum Lachen, wenn ich sehe, wie ähnlich wir uns manchmal sind. Übrigens halte ich Deine bessere Hälfte nicht für einen Macho, da liegst Du falsch. Er ist ein ausgesprochener Softy, und er hat fürchterliche Angst, dass es jemand merkt. Deshalb hängt er so den starken Macker raus. Mach Dich mal nicht verrückt, sein Pfundskerl wird ihn früher oder später auch in die Schranken weisen.

Vielleicht waren wir auch über längere Zeit auf einem unstimmigen Weg und haben unsere Pfundskerle damit zur Weißglut gebracht. Meiner dehnt sich im Moment wieder aus, so als ob er Angst um seinen Platz hätte. Bald kann ich meinen drallen Magen als Büstenhalter benutzen.

Gegen alles rebelliert er. Nur gegen die Erdanziehungskraft, da fällt ihm überhaupt nichts ein. Du weißt schon, was ich meine. Wenn ich wegen meiner Hüften blöd angemacht werde, sage ich immer, es wäre rundherum alles nur Silikon. Versuch´s mal, die Reaktionen sind köstlich. Es steckt unerschöpfliche Information im Beobachten von Pfundskerl-Reaktionen. Du schreibst mir, dass Du viele Menschen im Moment als sehr hochnäsig und schnippisch empfindest. Darüber darfst Du Dich nicht wundern, Du bist ja auch nur ihr Mülleimer. Wie sollen sie Dich dann achten.

Du solltest Dich hier ein bisschen ans Ausmisten machen. Die auszehrenden Jammerlappen hast Du ja bereits entsorgt und auch die polternden Über- Alles- Schimpfer. Denen sieht man es ja Gott sei Dank am Gesicht an. Dennoch gibt es den versteckten Vampirismus. Diesem Phänomen bin ich gerade auf der Spur und will Dir gerne meine Erfahrungen mitteilen.

Wenn, wie neulich, Deine Nachbarin wieder an Deiner Türe steht und will irgendwo hin gefahren werden, dann achte zuerst darauf, ob sie den Mantel und ihre Handtasche schon dabei hat. Wenn ja, dann weiß sie, dass Du niemals "nein" sagen kannst. Lass nicht zu, dass man Deine Hilfe einfach voraussetzt. Achte mehr auf solche Zeichen, sonst wird man Dich überfahren.

Dann gibst es auch solche, die immer stark sind und behaupten, es ginge ihnen prima. Die erzählen Dir dann, wem es schlecht geht, wer vermutlich bald stirbt. Wer alles tratscht und wer böse ist. Sie wissen Bescheid über alle Tragödien, wo immer sie sich auch zugetragen haben und beenden meist das Gespräch damit, dass Du so blass bist oder krank aussiehst. Sie versorgen Dich mit angeblich gut gemeinten negativen Prophezeiungen und geben dabei von sich nichts preis. Wenn sie dann wohlgestärkt aus deinem Haus verschwinden, haben sie Dir ihre schlechte Laune übertragen.

Und die, die sich nichts gefallen lassen. Sie berichten Dir von ihrem Mut, sich gegen alles zur Wehr zu setzten so lange, bis Du Dich mickrig fühlst.
Achte bitte besser auf Dich, so wie Du es immer von mir erwartest. Vielleicht kommen wir unseren Pfundskerlen und ihren Schädlingen doch noch ganz auf die Schliche.
Don Bosco sagte einmal, der Teufel hätte Angst vor fröhlichen Menschen.

Mit meiner Verehrung an diesen Satz bleibe ich Dir stets verbunden.

Als Zusammenfassung meiner Erkenntnisse ist es mir jetzt danach, ein Bild zu beschreiben, welches beim Nachdenken tief in meiner Seele entstanden ist. Dieses Bild heißt "WIR" und bedarf keiner Übersetzung.

Wir

Ein Wassertropfen tanzte übermütig auf der Oberfläche des Meeres. Versonnen genoss er die Sonnenstrahlen, die durch ihn hindurchschienen und dabei noch heller, noch wärmer wurden. Er überließ sich dem Wind, der ihn zuweilen emporhob und dann wieder in den Schoß des Meeres hinabsinken ließ. So genoss er sein Dasein in vollen Zügen. Er fühlte sich behütet, denn sein Leben als Wassertropfen war ein einziges Fest.

Eines Tages fragte der Wind: "Wer seid ihr, dass ihr so fröhlich seid?" "Ich bin ein Wassertropfen, sieht man das nicht?" antwortete der kleine Kerl. Der Wind trug ihn fort, *wobei der Tropfen immer kleiner wurde und letztendlich verdunstete. Als er nach langer Zeit als Regentropfen wieder ins Meer fiel, war er nicht mehr derselbe. Er brauchte viele Tage, bis er sich dort wieder zuhause fühlte. Die Sonne fragte ihn, warum er denn so traurig sei und wer er denn wäre. "Ich bin ein Wassertropfen" erwiderte er und fing an, seine Geschichte zu erzählen. Während des Erzählens wurde er immer kleiner und kleiner, bis ihn abermals das Schicksal ereilte, und er sich in feuchte Luft auflöste. Viele Wochen vergingen bis zum nächsten Regen. Irgendwo in einer fernen Wolke hoffte ein kleiner Wassertropfen auf seine Rückkehr, er hatte schreckliches Heimweh nach dem Meer.*

Als er endlich aus der prallen Wolke fiel, rief die Wolke ihm nach: "Wer seid ihr, dass ihr es so eilig habt?"

"Siehst Du nicht, wir sind das Meer" rief der Wassertropfen und platschte genussvoll in den Arm einer riesigen Welle.